MIROIR
DE
LA COVR,

Sur lequel les Reuers, & l'inconstance
de la Fortune se voyent.

*Adressé au Sieur Theophile, pour s'en seruir
au temps present.*

M. DC. XXV.

MIROIR DE LA COVR, SVR LEQVEL

LES REVERS, ET L'INCONSt-stance de la Fortune, se voyent.

Addressé au Sieur Theophile, pour s'en seruir au temps present.

Prenez Theophile que l'inocent ne doit iamais apprehender les supplices, & quoy que la nature le porte à ce sentiment: il doit corriger ce deffaut du corps, par la perfection de son ame, faisant paroistre sa vertu au rencontre de son malheur.

Vostre affliction doit auoir esté grande, mais il faut dire auec Socrattes que la constance deffie le temps voulant representer par cette verité, qu'il faut estre ferme au branle des fausses accusations de ce monde pour contrecarrer la malice des enuieux.

A ij

Et encore que les loix de la viciſſitu-
de n'ayent point d'exception, ſi eſt ce
(comme dit Diogene que la Fortune
n'a iamais faict changer de viſage à ces
actions, car la fermeté de ces deſſeins
ont arreſté ſa rouë, lors que le mal nous
arriue, il faut aller au deuant, afin que ſa
force ne nous force pas à le ſouffrir.

Le prudent Senecque combatit va-
leur euſement contre la crainte de la
mort (qui eſt naturelle a tout le monde)
& cueillit ſa maiſon pleine d'eſpines, ſans
ſiller ſa paupiere que l'obiect de ſes nuits,
l'ordinaire rencontre des écueils & des
tempeſtes rend expert le Matelot ſur les
eaux : ainſi les accidents mortels ayant
combattu vne ame auec les armes de
leur rigeur, elle reſiſte enfin à leur force,
par l'accouſtumance l'experience a les
ſupporter conſtamment, puiſque vous
eſtes ſi cappable en la cognoiſſance des
deſtroits de ce monde, vous deuez auoir
tenté diuerſes fois le danger du ſort, &
peril de la Fortune, tellement que l'ex-
tremité ou le hazard vous à reduit, n'eſt
pas ſi extréme, que vous ne deuez eſpe-

rer quelque secours de vostre premier
ayde.

Si Dieu vous a osté ce qu'il vous auoit
presté (qui est la liberté) c'est sans dou-
te que vous ne luy en auez pas payé les
interests: encore est-ce vn grand bien,
qu'il vous a reseruè, & conseruè parmy
tant de maux, & vn grand gain d'auoir
esuité vostre perte, il vaut beaucoup
mieux que vous ayez perdu pour quelque temps vostre liberté que si elles vous
eust faict perdre.

Le sage Bias, le plus riche de tous les
hommes estoit luy mesme le coffre de
son tresor, pour tesmoigner que le sça-
uoir, & non l'or & l'argent, est la richesse
de l'homme, ce qui fit representer à ce
grand Peintre la pauureté sous la figure
d'vn corps d'or, vestu de vieux haillons,
pour ne dire qu'elle ne gist qu'aux appa-
rences, & ne consiste qu'en l'oppinion,
car les biens de la terre ne peuuent faire
vn homme riche que de nom, encore
estre vn nom passager, puis qu'à la porte
du tombeau il reprent son premier nom
de miserable, auec lequel il estoit né.

C'eſt pourquoy Theophile il me ſemble que vous n'auez rien perdu, vous admirant auſſi riche en vertu que iamais, le flux de la Fortune vous auoit donné des biens, vous ſçauez bien que nos teſtes ſeruent de but & de blanc aux traicts du malheur, qu'ainſi qu'eſtiez trop haut eſleué pour n'eſtre bleſſé des premiers, les plus haut cheſnes ſont les plus battus du vent, tant plus on approche du Soleil, & tant plus mortes ſont les paupieres, & les plus hauts baſtiméts ſont les plus ſubiects à la foudre.

Tellement Theophile que vous deuiez preuoir que puis qu'vn tour de rouë de la Fortune vous auoit eſleué,& au degré d'eſtre aymé du plus grád Roy de l'vniuers pource que tout ce qui eſt enclos dans cette rouë touſiours mouuante, & ſubiect au tour & deſtour, & quoy que pour la preuoiance vous n'euſſiez pas euité le coup, au moins ne vous euſt-il pas eſté ſi ſenſible.

Du mal, venons à ſon remede, ie vous diray pourtant encore, que bien heureux eſt celuy qui n'a ſenty les reuers de

la Fortune, d'autant qne chafque bien
porte auec foy la confequence du mal
de fa priuation en fe monde, & en l'autre
celuy du compte exact qu'il faict rendre du temps de fa poceffion. Le temps
ne nous donne rien, qu'il ne nous ofte.

Et il me femble que cefte opinion bien
digerée fera receuable de beaucoup de
perfonnes. Car veritablement vn
homme qui a beaucoup de biens de la
Fortune, il femble vn criminel, qui
fe cache du iour, crainte que la lu-
miere ne le defcouure, le rouge de la
Iuftice le faict pallir, le moindre bruit
l'efpouuente, & s'il voit prendre quelque coulpable, fa confcience le faifit à
mefme temps fi fort, qu'il l'eft plus
eftroittement enchaifné dans la prifon
de fon corps, que dans celle de la Iuftice
fi elle y eftoit.

Et de mefme peut-on dire de quelque
creature de la Fortune: car côme il fçait
quelle luy a donné des biens qui ne font
pas à elle, n'ayant rien de propre que fon
inconftance, il apprehende qu'elle ne luy
ofte, & en cette apprehention le recit

des miferes font des coups de tonnerre
à fes oreilles.

Et pour tant plus Theophile, vous ofter
la curiofité de retourner à la Cour, & de
faire peu de cas d'icelle regardez & cô-
templez exactement ce qui s'y paffe, &
alors vous naurez regret d'auoir fi long-
temps efté abfent d'icelle, & ne voudrez
auoir envie d'y retourner tant que la
Fortune de la Cour & variable & fon inconftance grande, comme voirez par le
difcours fuiuant.

L'INCONSTANCE DE LA
Covr a Theophile.

Regardons Theophile exactement
ce qui fe paffe ordinairement en
la maifon des Roys & Princes de la terre,
quel il fait & quelle eft la felicité de ceux
qui frequente continuellement la Cour
qui font l'effay de leurs delices : femble
il qu'il y ayent felicité plus grande d'eftre
regardé d'vn bon œil d'vn Prince, auoir
fon oreille à tout heure, eftre fauorizé
chery, donner acces aux autres prendre
les

les meilleures defpouïlles, exercer carefſes, embraſſements, conuois & autres
offices d'humanité, auec vne infinité de
telles eſpeces de dragée, & eau beniſte
de Cour.

A la Cour il y a de fins & ruſez qui
font cóme les peſcheurs qui dés qu'il y a
quelque choſe à la ligne, il tire & s'en
vót à tout. Autre qui ne font qu'inuenter
ſubcides, & chercher les moyens d'enfler les threſors des Roys, & s'agrandiſſent des defpouïlles du pauure peuple. Et les Princes fôt quelque fois d'eux
comme nous faiſons des pourceaux,
nous les laiſſons engraiſſer afin de les
manger & deuorer par apres, auſſi les
ſouffrent ils s'enrichir pour les defpouïller quand il font gras. Et vn nouueau
venu ſera quelque fois preferé & ſubrogé en leur place. Voila comme ces pauures miſerables courtiſans vendent
leur liberté pour s'enrichir.

A la Cour il faut optemperer à tous
commandemens, iufte ou iniuftes qu'il
ſe contraigne de rire quand le Prince rit,
qu'il pleure, quand il pleure, aprouue ce

B

qu'il approuue, qu'il condamne ce qu'il
condamne. Il faut obeyr a tous, alterer
& changer du tout sa nature, estre seueres auec les seueres, triste auec les tristes
& quasi se transformer en la nature de
celuy à qui ils veulent plaire ou n'auoir
rien, bref il faut que les courtisans se sim-
bolize auec l'humeur de celuy à qui ils
veulent plaire, encore le plus souuent
vne petite offence estaint tous les serui-
ces que l'on puit auoir fait tout le temps
de leur vie. Ce que ceux qui assistoyent
Adrian l'Empereur pratiquerent, les-
quels apres auoir esté par luy erigez au
hauts estats & dignitez par le raport de
quelques flatereaux, ne furent pas seu-
lement desnuez de ce qu'il leur auoit
donné, mais ils furent declarez ses en-
nemys capitaux.

Platon ayant viuement consideré &
preueu en la cour des Athenies, leur qui-
ta promptement leurs delices, lequel ne
peut toutesfois si bien se commander
qu'il ne retournast à Denis le Tiran de
Cicile, lequel à la fin le vendit à des Py-
rattes. Mais comment en prent-il Aze-

non le ſage Philoſophe viellart, lequel
Phalaris en ſatisfaction des ſeruices, fit
cruellement mourit, comme auſſi fit le
Roy de Cypre Anacreon, & le noble
Philoſophe Anagoras , & Neron ſon
precepteur Senecque,& Alexandre Ca-
liſtene pour ce qu'il ne l'auoit pas voulu
adorer, luy fit coupper les pieds , & les
oreilles , les mains , & puis arracher les
yeux. & le laiſſa pour en apres a la miſe-
ricorde d'vne obſcure priſon où il fina
miſerablament ces iours.

Telle a eſté le plus ſouuent la fin de ce
grand nombre doctes hommes leſquels
ne voulant obeir aux temeraires affe-
ctions des Monarques perdoient la vie
pour recompenſe de leurs ſeruices & ſa-
lubres conſeils, ſans mettre en comptes
les vices qui accompagnent ordinairement tous ceux qui ſuyuent la Cour
ont la plus part des choſes humaines
ſont propoſterées : beaucoup à la Cour,
oſté le bonnet qui voudroient auoir oſté
la teſte à ceux qu'ils ſaluë à la Cour arri-
uant ſouuent que ceux qui ployent le
genouïl à vous faire la reuerence, qui ſe
voudroit eſtre rompu la jambe à vous

porter en terre. Tel est appellé monsieur
qui merite le nom de valet.

Marc Aurelle, Empereur de Rome,
considerant la miserable condition de
nostre humanité, auoit accoustumé de
dire en soy-mesme s'il se pourroit trouué aucun estant en aage, aucune terre,
aucun Royaume, aucun Siecle, auquel
il se soit peu trouuer homme qui s'allast
vanter de n'auoir en la vie gousté ce
que c'est de la roüe de Fortune, & s'il
s'en pouuoit trouuer aucun, ce seroit vn
monstre si hideux en la terre, que les
morts & les vifs auroient enuie de le voir,
puis ils conclut. Enfin i'ay trouué mon
compte, d'autant que celuy qui estoit
riche est auiourd'huy pauure, celuy qui
estoit hier sain, ie l'ay veu auiourd'huy
malade, celuy qui rioit hier, auiourd'huy
ie l'ay veu plorer : celuy qui estoit hier
en prosperité, auiourd'huy ie l'ay veu
mal fortuné, celuy qui estoit hier vif
ie le voy auiourd'huy en la sepulture.

Voila Theophile, quelle sont les feli-
citez & les fruicts de la Cour, c'est pourquoy, ie te supplie de ne paistre d'oref-
nauant ton bel Esprit, de ses faux appas
qui se perdent comme l'ombre.

LA RESOLVTION ET SO-
LITVDE AV SIEVR THEOPHILE,

Pour n'encourir l'inconstance de la Fortune.

Adressee aux amateurs de la Cour.

IE veux seul escarté, ores dans vn boc-
　　cage,
Ores par les rochers souspirer mon
　　dommage,
Et plaindre sous l'horreur du destin irrité,
Ie veux aux pres des eaux tristement murmu-
　　rantes,
Et pres l'obscurité des grottes effroyantes
Soulager mon esprit de soucis tourmenté.

Vous bois qui entendez le reson de ma plainte
Vous rochers qui m'oyez quant mon ame con-
　　trainte,
Sous trop de cruauté me plaint de mon malheur
Et vous eaux qui trainez en vos fuittes tardiues,
Les regrets que i'espans dessus vos molles riues,
Soyez tristes tesmoins de ma iuste douleur.

Vous antres reculez ou les ombres dernieres
De ceux à qui la mort a fermé les paupieres
Errent tant que les corps soyent mis dans le
　　tombeau,

Receuez mes souspirs & d'vne longue haleine
Redoublez plusieurs fois, la voix dont en ma
    peine,
Ie demande à vos cœurs vn remede nouueau,

Vous donc Dieux d'icy bas, vous sainctetez
    sacrées
Qui des Poëtes auez les essences changées,
Si vous errez encor, aux deserts ou aux bois,
Muez moy ie vous prie en vn souspir si tendre,
Que le cœur des passans mon accent face en‧
    tendre.
Me faisant pour me plaindre vne eternelle voix.

COMPLAINTE, SVR LA RE-
TRAITTE DE LA COVR.

DA n s quel antre escarté miray-ie retirer
    Dedans quelle forest iray ie souspirer,
En quel lointain desert assez grand pour ma
    plainte
Pleureray-ie le mal dans mon ame est attainte
Ou pourray-ie fuir pour eschapper l'horreur
Du tourment importun qui agitte mon cœur,
Tout m'est contraire, helas! rien ne m'est fauo-
    rable
Tout coniure mõ mal, tout vient que miserable
Ennuyé, desdaigne, i'esprouue malheureux
La crüelle rigeur de mon sort rigoureux
Encor si ie pouuois en mon mal'heur extréme

Pour tromper mes trauaux pardonner à moy-
 mefme,
I'aurois contentement & ne fentirois pas
Sans pouuoir deffaillir les accez du trefpas,
Car errant vagabond pour trouuer quelque
 crotte
Où deftourne vn peu le mal qui me tranfporte,
Seul ie penfe tout feul, en larmes & foufpirs,
Enuoyer mes ennuis auecques les Zephirs,
Plus ie penfe fuir plus ie veux folitaire
M'eflongner pour tromper mon malheur ordi-
 naire,
Plus ie fuis effailly & tant plus deffus moy.
Se redouble l'aigreur de mon facheux efmoy,
Les ombreufes forefts & les defertes plaines,
Au lieu de m'alleger multiplient mes peines,
Et lors que dans la mer fe trempe le Soleil,
La nuict qui doit cacher deffous tout le fommeil
Non car le creux des bois ny les vaftes deferts
Ne deftournent le foin ny les penfers diuers
D'vn courage affligé que me faut-t'il donc faire
Pour me rendre propice vn deftin fi contraire,
A celle fin de trouuer en moy allegement
Pour d'eftourner l'horeur de mon cruel tour-
 ment,
Il ne faut point fuir, il ne faut miferable
Chercher des lieux facrez l'effroy efpouuentable.

F I N.